VQ



Singles 5

Nora
Gomringer

# *Sag doch mal was zur Nacht*

Verlag Voland & Quist

singles 5

3. Auflage

Verlag Voland & Quist, Dresden und Leipzig, 2006

*Umschlaggestaltung* Marcel Theinert und Mario Helbing
*Typographie* Tropen Studios, Leipzig
*Druck und Bindung* CPI Moravia Books, Czech Republic
*Mastering* Martin Wolter
*CD-Produktion* Erzschlag, Aue

*www.voland-quist.de*

*Für Muriel, Thelma, Louise, Charlotte, Mia und Nortrud*

*Inhalt*

## *Ursprungsalphabet*

Ich bin
***A***riadne, die dem Faden, dem roten, wollenen folgt
***B***riseis, die Achilles diente
Bin
***C***alypso und singe für Odysseus und wünsche, dass er mich nicht verlässt
***D***iana, Göttin mit dem Silberbogen, Silberpfeil, die Mondzicke
Ich bin ***e***in guter Maler und heiße Hitler
I am
***F***erlinghetti crying over Allen
***G***uanin, der DNA-Bauer, der Knecht
***H***adrian und baue eine Mauer mir zu Ehren, dem Reich zur Wehr
***I***ch auf Freuds Couch
***J***onas im Walbauch mit unendlichem Vertrauen
Bin
***K***assandra, die ständig spricht, doch keiner hört
***L***angsamkeit, mit der ich vergesse und an die ich anschließe
***M***edea, die deiner Geliebten ein Kleid näht, den Kindern die Köpfe verdreht
Ich bin
***N***ora, der du ein Puppenhaus baust
***O***chsenfrosch, denn das ist die Liebe zwischen Frida und Diego

***P***roteus, denn ich will allen gefallen und hüte die Robben am Strand
Ich war die ***Q***ual des Laokoon ebendort, wo die Wellen brachen
Ich bin ***R***ilkes Panther-Tierpfleger
***S***ybille, ***S***ybilla, Cybil – who cares – I speak in riddles
Ich bin ***T***on aus Erde aus Sediment aus dem Adam entstand
D-***u*** bist der Hauch und unsinkbar
Ich bin ***V***erlorenes am Wegrand, ein Stein, den einer lange mitgetragen hat
***W***arten auf den Läufer aus Marathon, dem Fenchelfeld
***X***-Men, die Weltretter, die Ahnen der Tafelrunde
Ich bin z***y***nisch, Baby, zynisch
Ich bin***z***

## *Wenn ich dich frage*

Ob du mal meine Hand halten würdest
Nur so
Nur so zum Spaß
Nur so, damit es nicht so kalt ist
Dem kleinen, dem Ring-, dem Mittel-, dem Zeige-, dem Daumenfinger
Nur so, weil ich dann aufhöre zu fragen
Sagst du sicher
Nein
Weil du das immer sagst
Wenn ich dich frage
Ob du mal meine Hand halten würdest
Nur so
Nur so zum Spaß
Vor den anderen
Vor den anderen Mädchen, den anderen Jungs, den anderen eben
Wenn du mal meine Hand halten würdest
Nur so
Nur so zum Spaß
Wäre das ja auch kein Spaß mehr
Kein einfaches Warmhalten von Daumen-, Zeige-, Mittel-, Ring- und kleinem Finger
Dann wäre das ja
Das wäre dann ja einer Bitte entsprechen und das wäre
Schlecht

Schlecht wäre das
Schlecht wäre das, dem Wunsch nachkommen, der Bitte entsprechen
Ganz schlecht
Vor den anderen, den anderen, den anderen eben
Ich bin gar nicht mehr glücklich
Nicht mehr glücklich mit dir, nicht mehr glücklich mit mir
Ja, ganz unglücklich mit dir, ganz unglücklich mit mir
Ganz schlecht
Ganz schlecht und unglücklich bin ich
Kein Spaß
Ja, ich weiß
Das ist kein Spaß mit kalten Fingern

## *Ich schmecke nach Honig und bin doch wie Milch*

Ich trage dir mich hinterher, mich ganz dringend, so dringlich, eilig und fliegend.

Ich pack dir mein Herz grammweise ein. In Wachspapier reich ich's über den Tresen.

Wenn ich dir doch schon meine Version von I love you vorgespielt habe, müsstest du doch wissen, dass ich Wasser bin und nach Regen schmecke.

Ich erleb mich vor mir her, hinter dir drein und an fremden Händen. Ich bin so gar nicht eigen, nur fremd und bestimmt. Mein Vater sagt immer ohne Schneid wird aus den Männern nichts mehr heutzutage. Dich hab ich heimgeschleppt und vorgezeigt. Eine feine Beute. Sagt die Mama. Ein feiner Herr. Sagt der Papa. Heimgeschleppt und vorgezeigt. Dich mit dem Haar, den Augen, den Fingern an Händen, den Zehen an Füßen. Dich ganz komplett und mit den Augen, die dich immer suchen, wenn der Raum sich füllt und die Menschen fluten und ebben. Den Raum fluten und ebben. Den Raum fluten und ebben. Immer wieder und immer wieder und immer wieder du, obwohl ich gar keine Augen habe für dich. Da gab es andere Männer, für die ich einen Radar hatte. Eine Fledermauspiepsvorrichtung. Ich hing von der Decke und wusste genau aus welcher Richtung geküsst und verlassen werden würde.

Ich möchte dir sagen, dass ich einfach bin. Auf zwei Beinen stehe und Wasser trinke. Dass ich atme und lebe seit 24 Jahren. Ich möchte dir sagen, dass ich leicht zu verlassen bin und leicht aufzufinden in der Nacht. Dass ich unter Laken liege, die immer eine linke und rechte Falte werfen, dass es Platz gibt für neun Leben, eine Wiedergeburt an einer langen Nabelschnur.

Auch möchte ich dir sagen, dass ich abends sehr hübsch aussehen kann. Mein letzter Blick in den Spiegel am Tag ist ein langer und schmeichelnder. Ein Zwiegespräch vor dem Glas.

Erwähnte ich dir gegenüber, dass ich nach Honig schmecke und doch bin wie Milch?

## *Du baust einen Tisch*

Tisch unter den du dann Füße streckst
Tisch für den du Bretter über die Kreuzung trägst
Du baust für sie
Und dich einen Tisch
Einen Tisch für zwei unter den sich
Vier Füße strecken können
Einen Tisch an dem du sitzt mit ihr
Ich habe dich Bretter über eine Kreuzung tragen sehen
Bretter für einen Tisch
Den du baust mit ihr
Für ihre Füße zum Darunterstrecken
Tisch für vier Ellbogen
Vier Füße
Vier Unterarme
Zwei Töpfe
Einen Tisch für euch zwei
Für den schleppst du Bretter über eine Kreuzung
An der ich stehe mit meinem Auto
Einen Tisch baust du
Tisch für sie und Tisch für dich
Einen Scheißtisch für euch zwei
Unter den ihr eure Füße streckt
Entgegenstreckt
Euch entgegenstreckt
Tisch unter und an dem alles gesagt ist
So einen Tisch einen Tisch für zwei

Für den Bretter über eine Kreuzung geschleppt werden
An mir vorbei
Baust du einen Tisch
Unter dem ich jedem auf die Zehen trete
Einen Tisch an dem ich kein Gespräch mehr bin
So einen Tisch baust du für sie
So lange sie ihre Füße unter ihn streckt
Isst sie
was du auf den Tisch bringst
den du baust
dessen Bretter du schleppst
an mir vorbei
im Scheinwerfer
gingst du vorbei mit Brettern für einen Tisch
ich wünschte
du bautest einen für …

*M alleine*

Wie es mich bewegt.

Dass sie behutsam umgehen will. Mit dem einen Jahr.

Das sie nicht kriegt. Nicht als Vorauszahlung und nicht. Im Nachhinein.

Weil es nicht mehr im Lager ist. Im Zeitlager erhältlich.

Weil er jetzt schon. Einige Monate. Bald ein Jahr. Tot ist.

Nicht mehr da.

Vielleicht auch schon gar keine. Hemden mehr im Schrank. Hängen hat.

Weil sie alles. Rausgeholt hat. Und verteilt hat an Nackte. Oder das Rote Kreuz. Wie ihr der Geruch. Von seinen letzten Tagen noch. Im Raum hängt.

Und wenn sie das Papiermeer. Besegelt in jeder Schublade.

Findet sie nur noch mehr. Gründe auch noch Tage später. Zu weinen.

Das hätte er nicht gerne. Gesehen.

Oder hätte ihm das gefallen. Das Weinen um ihn.

Immerhin war er auch nur ein Mann. Sie weint ihm Worte hinterher.

Die sogar mich weinen. Machen.

Immerhin war er ein großer. Für das kleine Gedicht. Mit Witz.

Das tut ja am meisten weh. Das nicht mehr sprechen und lachen können. Gemeinsam. Schließlich gab es auch gute Zeiten.

In denen die Liebe. Wirklich wie Liebe ausgesehen hat.

Wie: heute musst du nicht aufstehen. Ich geh früh mit dem Hund.

Wie: heute siehst du richtig gut aus.

Wie: ich liebe dich. du riechst gut. Kochst gut. Liebst mich gut.

Mit dir ist es wie nach Jahren. Noch immer gut. Vertrautheit ist gut.

Warum bleibst du eigentlich bei mir.

Bin doch der Mopsmann. Du die dunkle Nachtmotte.

Von deiner Sorte gibt es keine mehr. Lieben ist wie im Schrank den anderen festhalten. Bis das Lösegeld unter der Tür durchgeschoben wird.

Ich will behutsam mit meinem. Nichtjahr umgehen.

Schreibt sie wie einen Schwur. Mit Tintenblutschwall aus Eisenkiel.

Jetzt bleibt die Küche öfter kalt. Er hat es nie geglaubt. Aber Frauen würden nie so regelmäßig. Nur für sich kochen. Sie genügt sich selbst.

Manchmal nagt sie an einer Brotkruste. Ihren Fingern. Und von denen die Spitzen ab.

Ich kann sie sehen. Als ob ich ihr ins Küchenfenster starren würde.

Vom Nebenhaus aus.

Ich sehe sie schreiben an überflutenden. Schreibtischen.

Bei denen keiner mehr weiß. Wo seiner anfängt. Ihrer aufhört.

Die Papiere haben alles überdeckt. Abgedeckt. Jede Wunde trockengelegt.

Wie oft er sie angeschrien hat.

Wegen ihrer Haare. Ihrer Verse. Ihrer Dummheit. Hässlichkeit. Einfach so.

Und sie hat nie die Tür geschlossen nicht. Vor ihm. Nicht hinter ihm.

Wenn er aus seiner Wohnung. Zu ihr kam. Von ihr ging. In sein Loch.

Sie hat sich immer gesagt. Dass er sie liebt. Und ja eigentlich gar nicht anders kann. Es gibt da dieses alte Foto. Von ihm als Kind. Seiner Mutter und seinem Kinderteddy. Alle knien sie in seinem Schlafzimmer und beten zum Jesus. Seine Mutter hat ihm immer gesagt. Dass das wichtig ist. Im Leben. Später für den Tod.

Jetzt sitzt sie da und. Kriecht in die Zwischenzeilen seiner Gedichte.

Die er geschrieben hat. Wenn er aus ihrer Wohnung nach Hause ging.

Da in der Vertrautheit seiner Sprache. Ist es warm und normal.

Und nicht so verdammt einsilbig. Sie weiß wie viel. Lyrisches Ich er ist. Und wie viel angesprochenes Du sie ist. Und wie viel Ironie Ernst und Erinnerung ist. Sie weiß so viel.

Und er hat sie manchmal dumm genannt.

Sie sagt aus Hilflosigkeit.

Manchmal sind Männer ganz arm dran. Mit ihrer Sprache. Ihren Genitalien.

Die sie in Frauen schieben müssen. Um zu spüren. Dass die noch da sind. Und etwas bewegen können. Auch ihre Wörter schieben sie. Eigentlich nur hinein. Der Kopf muss dann arbeiten. Sich bewegen.

Die Erinnerung ist halt noch frisch. Im Bad.

Wo er alle Tuben mitten am Bauch ausgequetscht hat. Und alle noch halb voll sind. Da ist er noch drin. Sagt sie sich.

Deshalb liegen die noch eine Weile länger herum.

Alle fragen nach ihm.

Manchmal kommen sogar noch Briefe. An ihn. Bei ihr an.

Warum schreiben sie denn nicht. Jandl.

Ist ihnen nicht gut. Hätten sie Interesse an einem Symposion für. Sprachexperimente.

Dann denkt sie wieder. Sie träumt. Von ihm. Hört. Erkennt ihn. Am Schritt die Treppen hochkeuchen. Schon möglich. Als Kind war er ja so gläubig.

Sie schreibt sich ihren Namen. Mit Lippenstift.

Den sie nie aufgelegt hat. Auf den Badezimmerspiegel. Und auf den im Flur. Damit sie. Wenn sie den Gemüsehändler trifft sagen kann. Dass sie die M und ohne Partner ist. Und eigentlich wie ein Hund. Der noch Jahre später auf das Stiegensteigen der anderen. Im Haus lauscht.

Wenn er ihr doch ein wenig Lärm hinter. Lassen hätte.

Die Ruhe kotzt sie an.

Der ist sie so richtig ausgeliefert.

Nackt und ohne Schminke.

So wie sie ihm. Immer am liebsten war.

*High Noon*

Eins. Ja. Du mit deinen Zöpfen. Immer über die Schultern. Getragen. Walküre. Zwei. Ich habe deinen Hund. In meiner Gewalt. In meinem Schrank. Es gibt nur noch. Schlechtigkeit. In der Welt. Kann ich was. Dafür. Dagegen. Kann man nichts. Drei. Tun. Am Ende der Kellertreppe. Steht ein Mann. Schwingt eine Axt. Wie ein Uhrenpendel. Wie geht das noch. Tick. Tack. Erzählt von Einmauerung. Du denkst. So was. Musst du dir merken. Kommt vielleicht nicht. Wieder. Vier. Alles notieren. In die Haut ritzen. Und sich wundern. Warum es sich. Nur über Jahre abträgt. Dabei dient die Notierung. Keinem. Nicht mal dem. Der schlecht ist. Im Ausfindigmachen. Von Wortzusammen. Hängen. Fünf. Heute back ich. Morgen brau ich. Übermorgen. Hau ich dir. Wenn du schläfst. Damit ich die kleinen Feiglinge. In deiner Iris nicht. Springen sehen muss. Den Schädel ein. Sagt er. Verschweigt er. Eigentlich auch. Nicht. Soso. Für solche Neurosen. Können wir kein Verständnis. Aufbringen. Abverlangen. Mein Hund ist verschwunden. Sechs. Heute acht. Uhr morgens. Einsam und blut. Leer. Aufgefunden da kann man gar nichts mehr tun. Für alle Beteiligten. Ist es eine Schande. Mehr oder weniger. So jung. Sieben. Sagen sie. Kennen Sie Shine. Geoffrey Shine. Soll mal ganz ordentlich das. *Piano*. Bedient haben. Bis ihm alles. Innerhirnlich zusammengeschmort ist. Zu schade. Halten Sie es. Für Übertrieben. Zu sagen. Dass Hunde eine Seele haben. Nur weil sie ständig Mundgeruch. Haben und nichts. Dagegen tun. Können. Hunde sollten mehr rauchen. Ach, eigentlich. Sollten wir alle zum Militär. Um zu sehen. Wie es da so ist. Und anderswo. Und wie es ist. Unwichtiges. Zeug zu lernen. Und in der Langeweile. Zu ertrinken. Das aber mit dem Gefühl. Der Staatsverantwortung. Verantwortung für den Staat. Oder vom Staat. Für einen selbst. Fein. Das freut mich jetzt. Acht. Acht kleine Neger. Durch die Straßen. Bis sie an den Wänden zerschellen. Und dann. Abends. Sie kennen die Nachrichten. Die betretenen Mienen. Wieder Tote. Bei Ausländerjagd. Hallali. Weidmanns Dank. Diana mit dem Silberbogen und Silber. Pfeil. Mitten ins Herz. Amors Revier. Du Mondzicke. Neun. Und Immer stolz drauf. Bald. Zehn. Und ich muss gehen. Ohne Anhang. Nein. Ich kann dich nicht gebrauchen. Geh weg. Schlaf. Maus. Geh in deine Tasse. Alte Ratte. Schäferstündchen unter. Wölfen und anderen. Vierbeinern. Warum immer Alice. Ekelhafte Bagage. Mord. Riecht säuerlich. Fand ich heraus als ich acht. War oder. Elf. Jetzt lass doch den Kopf. Nicht hängen. Baumeln. So vom Vorsprung runter. Hängen lassen. Orientierungsschwierigkeiten. Sind doch ganz natürlich. Wenn man vom Betrieb. Nicht übernommen wird. Verstehe. Willst dich gehen lassen. Ich soll. Dir helfen. Den Hals dir. Umdrehen. Den Kopf unter Wasser. Halten die Schwimmblase. Aus dem Fischleib streichen. Mit dem Kaviar. Dann zugenäht. Alles nicht. So schlimm. Die Ehre des Fisches. Ist unantastbar. Du Sack. Dein Hund winselt. Ich verlange. Lösegeld. Aber so richtiges. Nichts was du dir vom Strauch. Klaust. Will ich nicht. Immer Abspeisung. Entgleisung. Eschede. Susie hat ihre Mutter verloren. Susies Vater. Seine Frau. Der Hund. Sein Frauchen. Zwölf.

*Mia, bring mia was mit,*
*wenn du wieder kommst,*
*falls du wieder kommst*

Bringst mir ein Herz. Ein Herzerl. Für das rechte Fleckerl. Zur Blutstillung für das leckgeschlagene. Bring einen Baustein, einen Chemiebaukasten. Eine Streubombe. Bring eine Absicht und einen Willen und vielleicht einen Wunsch. Bring ein HeileHeileGänschen und ein Pusten in einer kleinen Flasche. Saug mich an durch Vakuum. Um Fidibum. Um Fidibum. Saug mich an durch Vakuum.

Mia, bring mir mia was mit, wenn du wieder kommst, falls du wieder kommst. Lass mich hier sein. Dein Koffer in Berlin, deine geregnete Rose, dein Lugosi-Sarg. Lass mich sein hier was du willst, von mir wolltest. Lass mich.

Für den Moment, an dem alles an Lichtern ausging, alles an Flaschen poppte, alles an Suppen wie Hecht vorbeizog. Lass mich in deinem Maoampapier warten, geschmiegt an die Kaumasse. Bringst mir ein Nikotinfilterl. Ein Papierl. Wickelst mich nicht a wengerl ein in deine Zigarette, dunkles Mädchen.

Schlosshundjauuuuuuuuuuuuuuulen für die Daheimgebliebenen. Wie ein Meerschweinchen frag ich dich nach dem Heu-te und Stroh-witwer, den du mir dalässt. Dessen Wunden ich lecke. Dessen Wirbel ich entheddern muss, damit sie wieder Sprossen auf der Kopfleiter werden. Der arme Kerl kann nicht mehr denken, seit du sagtest, heute und morgen nicht mehr. Ehrlich gar nicht mehr. Amen. Lieben war, wie jemanden im Schrank eingesperrt festhalten und auf Lösegeld warten. Lieben ist wie Einbuchtungen auf Mohnsamen mit der Zunge ertasten. Mit He-Man und She-Ra Tretboot fahren und Skeletors Boot rammen. Wie Meerschweinbeinchen sachte ziehen und ein Gurren hervorrufen. Brauseufos lutschen. Wenn wir uns abends über Polen hermachten, über Landstriche und Geschichten. War Mias Oma mia auch immer nahe. In dem Birkenwäldchen leg ich oft mein Herz in ein Kuckucksloch. Mia in Berlin. Wird wohl jonglieren, parlieren und irritieren mit dem Zigeunerblick und der spitzegesäumten Unterwäsche. Wird wohl, wird wohl. Wirf eine Flaschenpost in die Spree. Schreib den Aranamen darauf. Und für die Nächte fern, zäume Briefe den Schnuppen auf. Lass den Wind sie jagen, bis ich mich geflochten und fertig gekämmt. Weh, weh, Windchen. Sieh den Fallada, wie er dort hängt. Am Brandenburger Tor. Der Pferdekopf. Mia hüt eine Gans und schick eine Feder vom Bauch und eine mit dickem Kiel. Falls du wiederkommst. Alles merk ich mir. Naja, viel.

עמש לארשי הוהי· וניהלא הוהי דחא. Höre, Liebe, wie ich die Herrin bin, deine einzige Herrin. Die dich gehen lassen musste. Die sich den Tag aussuchte, an dem ein Auto zur Verfügung, ein begleitender Mensch, ein schnell zu bereitendes Mittagessen, ein Arzt zu erreichen sein würden. Ein Tag, an dem die Sonne regnen und der Regen scheinen würde, ein Tag, an dem es egal wäre, welcher Fuß zuerst den Boden berühren würde. Ein Tag. Ein Tag auf eine Nacht folgend, ein Tag. So überhaupt ein Tag. Ein Tag mit ebensoviel Stunden wie eine Rechnung aus zweimal zwölf ergeben würde. Ein Tag mit einer Mitte, einer Zäsur, mehreren Vorhängen, Abschnitten, Kulissenschiebereien, ein Tag, eine Ansammlung von Dingen, eine Kollektion von Kuriositäten, ein Tag, ein Sekundenrevier, ein Tag.

Wie du lagst auf dem Tisch. Und ich jaaaa sagte in Moses Schrei und der Arzt die Fluten des Meeres für mich teilte und eine Spritze füllte und ich nein dachte und nein weinte und nein meinte und nein und nein und nein war. An dem Tag, der dein letzter und mein letzter mit dir und mein erster ohne dich und mein Tag und bald nicht mehr deiner sein sollte und mein und dein und ich ein Dieb war, der dir deine Tage nahm und der Arzt ein Dieb war, der dich mir nahm.

Papa fuhr Mama und die Schaufel im Kofferraum hin zum Baum. Du lagst wie das Jesuskind in Decken gehüllt, in aller Schwere ohne Seufzer, ohne Tage, denn ich hatte dir alle Tage stehlen lassen. Papa grub und grub und zerstörte die Wurzeln der Linde und brachte den Baum, unter dem du liegen solltest und wolltest und wollen solltest zum Wanken und Mama trug dich sachte, wie eine Feder, ein Kissen aus Federn, eine Welt aus Federn, eine kleine Sonne aus Federn, einen kleinen Mond aus Federn und Asche und Stein hin zum Grab, in das du in deinem französischen Kleid, deinen roten und schwarzen Striemen gedeckt, hinuntergelassen wurdest. Hier sollst du ruhen, während wir die Plätze auf dem Sofa, unter dem Tresen in der Küche, den Teppich bei der Heizung, den Sonnenlichtfleck auf dem Strohteppich unter dem Fenster bleichen, damit sie immer dein sind und du sie erkennst, wenn du zurückkommst. Am Tag des Jüngsten Gerichts, gleich hinter dem Hund des Messias, denn ich bin sicher, er hatte einen.

*New York Tar*

Schon fast eingetreten. Der Fuß. Der Asphalt. Der Kot.
Die verwaschene Spur aus dem Riesenpalmentopf. An der Ecke.
Zwischen der 15ten und 5ten. Einen Block vom Büro.
Von oben tropft Wasser. Da hat einer ein kühles Zimmer.
Mit Wänden. Die den Lärm transparent. Transportieren.
So geht das nämlich.
So schleicht die Stadt in deine Wohnung.
Unter dem Schuh. An der Hand. Die im Bus gewandert ist.
Auf dem Hosenboden der Jeans. Die in der Subway gesessen hat.
Da wo der Mann Platz gemacht hat. Für dich.
Vielleicht weil er sich davon was versprochen hat.
Wer weiß.
Hier will jeder etwas. Von einem. Von allem.
An jedem Tag. An dem Tag auch.
Als die Türme fielen.
Selbst da wollten alle etwas. Der Staub und Rauch.
Zog über die Stadt. Erst Brooklyn. Da war es fast noch egal.
Am nächsten Tag Manhattan.
Da hatte man die Nasen voll. Von Gas wurde gemurmelt.
Ab Houston. Keinen Verkehr. Keine Zigaretten.
Nur noch Helden. Die Heldenzone.
Man hängt sein Fähnlein in den Wind. Sieht wie es sich lustig dreht.
Und mit dem Drehen kommt der Krieg.

Und auch den sieht man sich an. Wie er sich lustig dreht.

Von hier aus. Sieht der Rest der Welt aus. Wie Spielzeug.

Man kennt den Originalmaßstab nicht.

Da fallen meine Vorwürfe auf Miniaturböden.

Mikroskopisch klein werden meine Kommentare.

Ultraleise wird die Welt hier. Leise. Leise rieselt der Teer.

Der partikelweise schmilzt. In der Sonne.

Die noch einmal vor dem Schnee scheint.

So hat jeder Stadtteil einen Teil der Stadt.

Von der Südspitze zur Nordspitze. Verteilt sich die Stadt an sich selbst.

In den Straßen. Ist es ruhig. Man lauscht. In den Lärm hinein.

Denn zwischen den Blöcken schlagen die Wellen bald hoch.

Den Himmel beobachtet man. Mit einem geschlossenen Auge.

## *Sag doch mal was zur Nacht*

Sag doch mal was zur Nacht, dieser Nacht mit den Sternen und Steinen am Boden unter der Decke auf dem Hügel, auf den der Mond sich gelegt hat, mit dem Gesicht in den Händen, du sagst ja gar nichts zu der schönen Nacht, dieser Nacht, mit Näglein besteckt, mit Rosen bedacht, du sagst eh viel zu selten irgendwas, könntest doch jetzt mal was sagen, sagen, zur Nacht was sagen, zu dieser Nacht vor allen anderen, vor allem anderen, könntest doch mal, könntest, könntest mal was sagen zu den Sternen, den Steinen, den Mondstrahlen auf dem Hügel, zum Meer, zum Sturm, DAS IST DOCH NUR WIND, na siehst du, kannst doch was sagen, was sagen zum Sturm, der kein Sturm, SONDERN NUR WIND, ist, zum SturmWIND, der mich ganz zerzaust, sagst gar nichts zu mir und meinem Zerzaust-Sein, sagst gar nichts, so zerzaust bin ich vor dir, so zausig, sagst immer nie was zum Zerzaust-Sein, zum vom Sturm Zerzaust-Sein, VOM WIND, ja hast ja recht, VOM WIND, zerzaust sein, so stürmisch, VOM WIND, Zerzaust-Sein, sagst auch gar nichts Rechtes über die Nacht und die Sterne über den Köpfen und zu den Füßen auf den Steinen, SCHÖN, siehst du, findest du auch, siehst du, findest du auch, das wusste ich, dass ich findest du auch würde sagen können, weil's ja SCHÖN ist, wusst ich gleich, dass du das finden würdest, so SCHÖN, diese Nacht, die du SCHÖN nennst, du bist ein Dichter, ein Dichter bist du ein Dichter, findest du nicht, einen Dichter finde ich dich, einen herrlichen DICHTER, ja, einen DICHTER, sag doch was zur Nacht, was zum Sturm, zum Zerzaust-Sein im Sturm, zum SCHÖN-Sein im WIND, diesem Sturm, dieser Nacht im Sturm auf dem Hügel, auf dem das Mondlicht, na du weißt schon, du weißt schon, ICH WEISS SCHON, siehst du, ich wusste, dass du es wusstest und ich wusste, dass du es weißt, denn wir sind uns ja einig auf diesem Hügel in der Nacht, der Nacht auf dem Hügel, die so SCHÖN ist.

*Monolog*

Ich habe Diamanten in deinen Rocksaum genäht,
damit du Brot kaufen kannst
Ich habe das Schlaftier in den Rucksack gesteckt und
ein Glas Marmelade dazu, aber psssst
Ich habe deine Unterröcke unter das Laken gerollt,
entpacken musst du sie schnell
Ich habe die Papiere in diese Tasche ganz unten
gestopft, dass auch ja nicht, du weißt
Ich habe ein wenig Geld in den Mantel gestickt,
vielleicht kannst du ja
Ich habe Großvaters Uhr in die Vase beim Fenster, sie
sollen dich nicht aufhalten
Ich habe einen Stift in dieses Kuvert und einen Brief
dazu gesteckt an den Onkel, gib ihn ihm
Ich habe den Stern von der Jacke abgetrennt, so ist es
besser
Mir scheint, ich hab die Türen alle verschlossen, jetzt
gibt es keine Räume mehr
Ich habe die Kinder alle verschickt, jetzt gibt es keine
mehr
Ich hab die Sterne alle verbrannt, jetzt ist jede Nacht
schwarz
Mir scheint, ich habe alle Ratschläge ausgesprochen,
jetzt hab ich keine mehr
Ich habe Diamanten in deinen Rocksaum genäht,
aber psssst

## *Annahmen über die Stadt*

In der Stadt leben Menschen.
In der Stadt leben Hunde.
Jedoch. Mehr Menschen als Hunde.
Angenommen. Wer weiß.
In der Stadt schlagen Herzen.
Hier geht nachts so einiges.
Den Bach runter,
und dann hinten links, sagen die Ratten.

In den verschiedenen Teilen der Stadt sieht man das große Ganze.

Schlamassel.

Manchmal kommen die Falschen unter die Räder.

The streets are paved with gold. Hier, wie anderswo.

In der Stadt leben Freunde deiner Eltern. Die sagen, komm doch mal vorbei.

Die kennen dich noch von so klein auf.

*(Die Geste, die sie dazu machen ist absurd. So klein warst du noch nie.)*

Väter und Mütter trennen sich in dieser Stadt und Väter gehen mit ihren Geliebten chic essen, weil Geliebte das so mögen. Mütter schneiden währenddessen die Köpfe der Väter aus den Fotoalben. Kinder beobachten diese Vorgänge und entscheiden sich gegen Familien.

In der Stadt leben Menschen, ohne andere Menschen zu kennen. Jeder sieht aus wie der erste.

In dieser Stadt wartet man auf Jesus.

In dieser Stadt wartet man auf Busse.

Und die Bahn. Wie immer die Bahn.

In dieser Stadt lebt einer, der aussieht wie einer, den ich kenne.

In dieser Stadt war Goethe schon mal.

Goethe fand's öde.

In dieser Stadt schlafen ein paar, während die anderen wachen.

In dieser Stadt gibt es für jeden einen Nächsten.

Du bist mein Nächster. In dieser Stadt.

In dieser Stadt schlagen Pulse. Und Rechte auf Linke ein.

Und Lampen schwanken an Seilen quer über den Straßen.

In dieser Stadt hat man auf Sand gebaut.

Hier hat man gegraben und sich gefunden.

In dieser Stadt stand man und schaute. Den Zügen mit den Juden hinterher.

Den schönen Mädchen mit den kurzen Röcken auf die langen Beine.

In dieser Stadt sprechen die Frauen anders mit den Frauen, als die Männer mit den Frauen.

Hier sind Briefkästen keine Orte der Sünde.

Hier kam man heim und wurde nach den Jahren nicht wiedererkannt. Man hätte auch fortbleiben können.

Von hier geht man fort.

In dieser Stadt gibt es Straßen, die im Kreis verlaufen.

Hier gibt es Menschen, die auf Leitern steigen, um Sternschnuppen nachzusehen.

## *Annahmen über Michael Lentz*

Michael Lentz isst gerne Nüsse.
Auf Zugfahrten isst Lentz gerne Nüsse. Gesalzen aus einer kleinen Tüte.
Er reist viel. Er hasst es. Er liebt es.
Er schläft gerne alleine. Er steht selten an Bahnhöfen.
Wird selten nicht abgeholt.
Lentz hat Der Lentz ist da schon oft gehört.
Michael Lentz kennt mich. Kann schnell laufen.
Läuft selten mit Koffern die Stufen von Treppen hinunter.
Lentz trinkt nicht. Lentz isst nicht.
Lentz trinkt. Lentz isst.
Michael Lentz spricht mit Tieren.
Mit Bäumen. Mit sich. Im Park.
Michael Lentz sagt Dinge wie: Na, heute schon.
Lentz beendet seine Sätze. Nicht umgekehrt.
Lentz liebt die Frauen. Lentz liebt die Bücher.
Lentz denkt von Frauen und Büchern: O, bitte.
Michael Lentz geht früh zu Bett.
Liest im Bett, isst im Bett. Michael Lentz kann nicht lügen.
Lentz mag keine Hunde. Hunde mögen Lentz nicht.
Lentz trägt spitze Schuhe. Teuer. Italienisch.
Michael Lentz existiert nicht.
Michael Lentz existiert.
Nicht.

## *<Flüstern>*

Diesen Text gibt es gar nicht
Dieser Text gibt keinen Laut
Dieser Text muxt sich nicht
Begehrt nicht auf und murrt kaum
Er kommt in Stille, in der er wohnt
Geht von der Bühne, als wäre er nie da gewesen
Sein Autor ist tot, seine Aussage überhörbar
Dieser Text hat ein Problem
Er ist tonlos, ist behaucht und viel zu leise
Die Alten können ihn nicht hören, die Jungen sind ungeduldig
Der Text ist nicht gereimt, er muss vergraben werden
Halt du den Spaten und ich wickel ihn ein
Wir senken ihn tief, bis er auf Grundwasser stößt
Das Wasser flüstert ihn weiter, verrät ihn ans Meer
Oder in Suppe an deinen Bauch
Er ist wahrscheinlich leicht verdaulich
Liegt nicht lang im Magen
Dreht sich problemlos in den Abfluss
Hör gar nicht hin
Denn es gibt keinen Text ohne Lärm
Allein das Tippen auf Tasten
Das millionenfache Anschlagen der Buchstaben
Auf Millionen von Tastaturen ist ein so großer Lärm
Eine Babelei, ein Turmbau aus Text und Lehm
Gut, dass es diesen Text nicht gibt und
Diese Sorgen nicht jetzt aus der Büchse kommen

Denn wir bekommen ja Gäste
Und müssen heute noch plaudern und zuhören
Wie sie über ihre Kinder und Rentenversicherung
Auskunft geben
Das Leben ohne Text wird herrlich
Weil wir dann wieder *laut* sein und *Lärm* machen dürfen
Aber was sag ich
Sag ich etwas
Hier wurde nie etwas gesagt, was nicht auch nicht-gehört
Hätte bleiben können
Ich gebe zu, es gab da den Gedanken an einen Text
Aber diesen Text gibt es gar nicht

*Das mit der Poesie*

Ein Pappenstiel
Ein Telefonanruf um 2.30 Uhr: Wwalt? Wasn los?
Manchmal ein Fest und eine Turbulenz.
Eine Frage: Wie kann man nur nicht in Berlin?
Schreiben und so machen (Papier knüllen) und so *(über die Schulter nach hinten werfen)*
Und immer wieder schreiben
Und dann…
Nichts. Schwarz.
Leere. Depression. Arztbesuch. Knoten-ein-bildung.
Gute Medikamente.
Dann, kannst, würdest, willst du das mal lesen und mir sagen, was du darüber denkst?
Seelenforschung, Ahnenforschung, Silbentrennung.
Nicht installiert. Nicht installiert.
Nicht poetisch.
Kollegen: ja, aber irgendwie alles mal gehört. Östrogen muss von der Bühne gehen.
Eine Entschuldigung.
Eine Pflicht und eine Kür.
Ein Schaulaufen, ein Buchkaufen, ein Aufschnaufen, ein Weglaufen, ein Aufbrausen,
ein Abduschen
Dann auch ein Lob.
Eine Veröffentlichung, ein Arschtritt.
Auch ein Vergleich:

Interviews mit Sascha. Ei, was sascht da?
Und bahn.comfort-Kundenschlange am bahn.comfort-Kundenschalter,
eine Sprache dann endlich, irgendwann. Ein Thema,
ein Verfallsdatum und ein Nachbar am Zaun
Vielleicht eine Postkarte: dein Buch in der Hand, hier am Strand.
Das mit der Poesie:
Zigaretten drehen,
nach Mädchen sehen,
an der Ecke stehen,
Reimen gehen.
Das mit der Poesie:
Poetisch? Nie.

*Seid ihr alle da*

Wir sind alle da, sitzen oder stehen
Wir sind alle am hoffen
Wir sind alle wartend
Wir sind alle hier, weil in der Glotze nichts läuft und Dichter nun mal nicht Anatomie pauken müssen
Wir sind alle so wach
Wir sind alle dabei
Wir sind alle ganz gespannt
Wir sind alle so ungeduldig
Wir sind alle in diesem einen Boot
Wir sind alle so Spione
Wir sind alle spitze
Wir sind alle schadenfroh und elitär
Wir sind alle was wert
Wir sind alle ganz hellhörig
Wir sind alle vernetzt
Wir sind alle nachtragend
Wir sind alle Vegetarier und Volvic-Trinker
Wir sind alle bahn.comfort-Kunden
Wir sind alle underpayed, overworked, underfucked
Wir sind alle unterschätzt
Wir sind alle Superhelden
Baby, wir sind alle mal entdeckt worden
Wir sind alle selbstgerecht
Wir sind alle schön
Wir sind alle stolz

Wir sind alle Erfinder, Zigeuner, Meuterer und Blender
Wir sind alle so schön
Wir sind alle hier wegen Geld, Männern und Frauen und drei Buchstaben
Wir sind alle hier wegen des Datums, der Datumsgrenze, dem Zeitenwandel, der Uhrenumstellung
Wir sind alle gläubig
Wir sind alle ganz schön schäumig
Wir sind alle schon mal da gewesen
Wir sind alle mordsmäßig gut drauf, seit Jahren
Wir sind alle älter als wir aussehen, aber sehr schön
Wir sind alle Phobiker und Bluter, haben Glasknochen und TB
Wir sind alle unheilbar
Wir sind alle geduscht
Wir sind alle trainiert
Wir sind alle recht wortreich
Wir sind alle begnadet und veröffentlicht
Wir sind alle Gourmets und Clochards, Croissants, Closeaus und Gitanes
Wir sind alle zeitgemäß
Wir sind alle süß und haben Superkräfte
Bas kann fliegen
Toby durch Wände sehen
Etta sich blind rasieren
Und Seyfarth kann Sächsisch
Wir sind alle sammelbar
Wir sind alle – wie gesagt – was wert
Wir sind alle auf Karten, Fotos, im Internet…, du solltest uns googeln

Wir sind alle echt voll ok

Wir sind alle dabei, um uns dreht sich die Welt, wir ordern Frühling, dafür reicht unser Geld

Wir sind alle fesch

Wir sind alle fresh

Wir sind alle einfach noch nicht ganz durch

Wir sind alle davor

Wir sind alle ganz knapp…

Wir sind alle, wir sind Richter

Wir sind alle, wir sind alle

Dichter

*Grenzland*

Bis 1989 habe ich am Dreiländereck Tschechoslowakei, BRD, DDR gewohnt.

Ich war neun Jahre alt, als himmelblaue Trabis bananengelb anschwollen.

Meine Mutter sagte damals, das wird spannend und Dinge wie, es wurde auch Zeit.

Die Leute im Dorf schimpften über Begrüßungsgeld und lange Schlangen, wo früher nichts war.

Alle hatten so etwas wie Angst. Vor einer Menge von Dingen.

Mein Vater mochte die neuen Dialekte und die schlechten Autofahrer nicht.

Ich fühlte mich jedes Mal entführt, auf der Kaffeefahrt nach Asch.

Auf einmal waren nicht mehr nur Berliner, Italiener und Türken Ausländer.

Wir wunderten uns über die Einkäufe von Satellitenschüsseln,

die alle Häuser wie Mickey Mäuse aussehen ließen.

Meine Tschernobyl-Angst-Tage waren gezählt. Jetzt fürchtete ich mich vor Neonfarben. Und vor Kommunisten.

Nadine Tielecke war eine nette Mitschülerin und konnte gut schwimmen.

Es konnte also nicht so schlimm gewesen sein.

Jugendweihe bot Stoff für Gespräche über alte Gewohnheiten und vermisste Riten.

Die ersten wollten schon im Januar 1990 die Mauer wiederhaben.

Meine Mutter ging mit ihren Schülern auf dem alten Mauerpfad spazieren, so hübsche Wildblumen.

Verhandlungen über Schüsse an der Mauer begannen. Und die Menschen renovierten. Und Braunkohle war immer noch König.

Kohl versprach dem ganzen Land irgendwas mit Geld.

Und ich dachte nur, Grenzland. Unser Dorf war mal Grenzland.

## *Family Thing*

My mother used to say
Don’t do this
Don’t go there
Don’t watch this
Don’t eat those
Don’t come around asking
For that’s what mothers do

Don’t say yes
Don’t cry no
Don’t have fears
Don’t be loud
Don’t shake up
Don’t dress down
Don’t come in
Don’t stay out
Don’t be all too proud

My mother is the mother of invention
I guess, this makes invention my sister

My sister is invention
My sister is suspicion
My sister is 20:20 vision
My sister is Star Trek convention number 1123
My sister is alienation
My sister is vegetation

My sister is industrialization
My sister is true meditation

Can't talk about sis
Got only brothers in store
One brother in Munich
One from around, one living in Vietnam
Two living in Zurich, one in New York
One next to the father, who was not mentioned yet
Daddy, o Daddy, who is riding his horse
At this late hour trough night and wind
(Now that's a bad translation.)

It's Daddy, I hear you say
I hear steps on the stairs,
Ascending, ascending steps
I hear steps ascending
That's Daddy, I hear you say

Be polite, be bright, be in bed tonight
Be sharp as a knife, be a good wife
Be true, be blue but be true
Be kind, be blind when your man comes home after 3-2-1
Be good, be good as gold,
Be a humming bird and sing humming bird songs
Be bright, be the tiger burning bright in the forest of the night
Be educated, be reasonable, be seasonable,
Be like Malewitsch, be like Kandinsky,
Be She-Wolf and be a busy bee
My Daddy used to say this is a family thing

A close-knit ring
Come closer and closer and see
Or shake apples from a tree
Shake them and bake them into a pie
Mommy and Daddy love it that way
This is a family thing

Don't you dare to ask
WHY

## *Guten Tag*

Guten Tag.
Ich würde Sie gerne rumführen.
Alles zeigen.
Ich würde Sie gerne rumführen, Ihnen alles zeigen.
Ich bin nicht unhöflich.
Ich bin nicht unhöflich.
Ich bemühe mich, nicht unhöflich zu sein.
Ich bin sehr müde.
Aber nicht unhöflich. Ich möchte nicht als unhöflich gelten.
Wenn Sie mich besuchen.
Mich schon mal besuchen.
Mich schon mal wieder jemand besucht.
Ich möchte nicht unhöflich scheinen.

Ich habe aufgeräumt und gestaubsaugt, zuerst habe ich gefegt, die Lappen nass gemacht, langsam die Möbel mit den feuchten Tüchern abgefahren, keine Handschuhe getragen, die Bilder und ihre Rahmen vom Klavier genommen, auch sie abgefahren mit den feuchten Tüchern, sie wieder an ihre Stelle gestellt, die Zeitungen aufgehoben, sie gefaltet oder gleich entsorgt, ich habe den Toaster entkrümelt, den Ofen gereinigt, den Kühlschrank abgetaut und gereinigt, die Toiletten gereinigt, das Bad gereinigt, die Duschköpfe entkalkt, ich habe über den Garten nachgedacht.
Über das Pflanzen.
Das Einsetzen neuer Pflanzen.
Ich habe über die Töpfe in den Schränken nachgedacht,

über die Besenstiele, die Schwämme im Waschbecken, die Nagelbürste. Über alle Seifenreste.

Ich werde Sie gerne herumführen, aber nicht im zweiten Stock.

Fragen Sie mich nicht nach dem ersten Stock. Ich werde Sie gerne herumführen.

Fragen Sie mich nicht nach dem ersten Stock.

Ich bemühe mich, nicht unhöflich zu sein. Dabei aber nicht über das Parterre hinauszudenken.

In meinem Haus gibt es keinen ersten Stock, nicht wirklich.

Deshalb auch keinen zweiten.

Keinen Himmel darüber.

Deshalb fragen Sie auch nicht danach.

Ich habe aufgeräumt.

Nach zwei Monaten eine Ordnung gefunden.

Hier unten geräumt.

Dieses Parterre schmiegt sich an die Erde.

Es gibt kein darüber.

Keiner würde von Himmel sprechen, wenn das Parterre genügen würde.

Ich habe einen Happen vorbereitet.

Es ist sehr süß. Die Kinder mögen es sehr süß.

Mochten…

Keine Wände, keine Zimmer, keine Betten, keine Seifenreste an Waschbecken, keine Schritte im ersten Stock.

Keine Schritte im ersten Stock.

Vor acht Wochen stand ich in einem Krankenhaus.

Hörte, was ein Arzt sagte, wurde von einer Schwester umarmt und meinte, zu weinen.
Seit acht Wochen gibt es keinen ersten Stock in meinem Haus.
Mein Schlafzimmer, mein Badezimmer, die Kinderbetten sind mit meinem Mann und meinen Töchtern verschwunden.
Jetzt bin ich unhöflich.
Ich habe mich doch bemüht, nicht unhöflich zu sein.
Ich wollte mich bemühen, nicht unhöflich zu sein.
Sie sollten nicht nach dem ersten Stock fragen.
Keine Schritte im ersten Stock.
Das Parterre schmiegt sich an die Erde.

## *Leids getan*

Es passiert mir wieder und wieder und wieder passiert mir es
Es kommt auf mich, kommt auf mich, kommt und beißt sich fest
Es sitzt und es sitzt und es sitzt sich ein
Ich denk an dich, denk an dich, denk an dich
Küss meinen Reim ja, ja, ja, ja, wo ich's sag
Mach schon, o, mach schon, o, hör nicht auf
Gib mir ein Wort und ich bau dir drauf
Auf diesem Wort bau ich dir ein Haus
Eines das Holz und Glas, Glas und Holz durchscheinen lässt
Baby, durchscheinen lässt,
ich sag's dir, morgen da, da, da sind wir das Fest
wir tanzen rund um den verfluchten Apfelbaum
fallen in seinen Schatten
aus jedem Traum
Baby, sag morgen, da liebst du mich noch
Baby, brich mir die Beine, die Beine doch
Dass ich nicht fortlauf, nicht fortlaufen kann
Nicht Tussi werde vom Schwarzen Mann
Morgen, ja sag's doch, da kennst du mich nicht
Da trägt die Liebe ein andres Gesicht
Und du singst mir nur noch das alte Zeug
Ja, Liebe klebt, hab dich nie bereut,
Vater o Vater jetzt fasst er mich an
Hey, hey Baby hast mir ein Leids getan.

## *Was Blaues*

Was Blaues
Was Graues
Was Gelbes
Was Neues
Was Altes
Was Schwarzes
Was Hartes
Was Weiches
Was Warmes
Was Klares
Was Trübes
Was Gutes
Was Böses
Was Heftges
Was Mildes
Was Zahmes
Was Schnelles
Was Lahmes
Was Wundes
Was Heiles
Was Grades
Was Steiles
Was Tiefes
Was Müdes
Was Waches
Was Heilges

Was Profanes
Was Süßes
Was Kühles
Was Heißes
Was Zartes

Was Geborgtes
Was Altes
Was Neues
Was Blaues
Und nen Ring

## *Und er zog sich aus*

Und er zog sich aus
Und er zog sie an
Und er zog sie aus
Und sie zog ihn an
Und sie wiegten sich hin
Und er wiegte sie her
Und er trug sie fort
Und es trug ihn weit
Und er hielt sich fest
Und sie spannte sich an
Und er zog an ihr
Und sie schnellte vorbei
Und er versuchte ein Wort
Und sie rannte davon
Und er träumte manchmal
Und es ging mit ihm durch
Und sie ging dort weit fort
Und er verlor ihre Spur
Und er zog sich an
Und sie zog sich an
Und sie schrieb einen Brief
Und sie hielt ihn fest
Und er wählte die Nummer
Und sie schwieg lange Zeit
Und er riet zur Begegnung
Und sie vergaß den Tag

Und er sah sie nicht
Und er stieg in den Bus
Und sie stand vor der Tür
Und er hielt sich nicht fest
Und sie verlor jeden Halt
Und es war Tag
Und es wurde Nacht
Und er zog sich aus
Und sie zog sich aus
Und er las im Bett
Und sie küsste das Bild
Und sie sah sich im Spiegel
Und es war ihr kalt
Und er schaltete aus
Und er war allein
Und sie war nicht dort

## *Du bist die Perle*

Die genau in das eine Nasenloch der Sau passt
Vor die du geworfen wurdest
Die eine Perle
Die im System schöne Träume
Warme Gedanken
Halbe Orgasmen
Erzeugen kann
Du bist die Perle
Die als einzige ins Auge sticht
Wenn man das Schwein durchleuchtet
Du bist die Perle
Für die man die Fädelung an die Kette erfand
Du wurdest geschnitten
Aus dem Fleisch einer Muschelmutter
Die schreiend im Schlund einer Robbe
Verschwand
Du bist die Perle
Die im Mörser zerstampft
Auf Pestbeulen Heilung bringen sollte
Du bist die Perle
Die mir jetzt im Moment des Lesens
Die Stirne ableckt
Du bist die Perle
Bist die Perle
Die Perle
Perle

*Ich bin die Angesammelte*

Ich bin die Angesammelte, die Hamsterfrau, seit Jahren, Jahr und Tag angeschwemmt, was in die Backen genommen, aus dem Vollen geschöpft, in die Leere gesenkt. Ich bin die Angesammelte aus Sand und Knochen und Stein und Bein. Ich bin die Anhäufung, die Verstärkung im Tuch. Ich bin das Väterliche, das Mütterliche, das Brüderlich-Schwesterliche. Ich bin das Freundliche, das Allgemeine und Liebliche. Ich bin die, die auf meinen Namen antwortet. Ich bin das Genetische und Vergangene. Ich bin das Detail und der Plural. Ich bin die Endliche und Überholte, ich bin das Herangeholte und Losgelassene. Ich bin die Angesammelte und das, was an die Stelle tritt, von der man die Dinge nahm. Ich bin das Deinige und das Meinige und dir eine Täuschung im Auge. Ich bin die eine Täuschung im Sinn. Ich bin eine Archivierung und eine fertige Kollektion. Ich bin eine Erweiterung und eine Einengung, eine Schlucht und ein flaches Land, eine Streckung und ihre Strecke. Ich bin und ich bin und ich werde und werde und werde sein.

## *Die Kinder schlafen*

Und Bomben fallen um sie herum
Und Terroristen kommen und bedrohen ihre Familien mit Waffen
Und sie nehmen ab
Und sie nehmen zu
Und der Mond scheint sanft auf ihre kleinen, runden Nasen
Und ihre Väter, ihre Stiefväter, die Freunde der Brüder, ihre Mütter kommen ins Zimmer und verschließen die Türen leise hinter sich, um trotzdem auf Zehenspitzen an die Betten zu treten
Und sie träumen und sie können fliegen
Und andere Menschen kaufen sie ihren Eltern ab für einen Schuss oder eine Mahlzeit, für eine Stunde oder bis ans Ende der Nacht
Und die Kinder schlafen in ihren Betten
Um die herum Bomben fallen und Menschen stehen
Und sie gähnen im Schlaf und ihre Beine zucken und ihre Lider zucken und ihre Haare verwuscheln und zuckersüßer Speichel tropft in langen Fäden aus ihren Mündern
Und ihre Windeln füllen sich
Und Häuser werden geschüttelt von Erdbeben und die lassen die Dächer einstürzen um die Betten und Kinder herum

Und sie beten, bevor sie den Gute-Nacht-Kuss küssen
Und sie sterben, weil das Kissen den Atem herauspresst
Und die Eltern schauen in Zimmer
Beugen sich über die Betten und sie finden
Die Kinder schlafend

## *Zur Nacht*
:das Reisen und die Nacht dazu

Geschichten aufblasen, fliegen lassen. An kleinen Schnüren gleiten Zeilen in Weiten. In Weiten, in denen sie auf Dauer und nach Länge Himmelsbooten, Raumschiffen, Mondkähnen begegnen. Als Besatzung einer Geschichte finden wir einen Späher, einen Schreiber, einen Sitzenbleiber. Einen, der liest und einen, der verwirft und einen, der alles und nichts kann und einen, der mich und dich eine Ecke weiterbringt, ein Mondkalb mit einem schnellen Lasso einwirft und einen, der das Tier ein Universum lang hinterherzieht. Die Sätze an Bord werden laut, laut, laut gerufen und geraten in wilde Wasser. Man schickt kleine Satzhelfer, Satzzeichen hinterher. Ein Fragezeichen ruft: Hier? Ein Ausrufezeichen schreit: Ja! Die Kommas kommen und kürzen und geben Atem den langen, langen, langen, langen, langen Aufzählungen. Und Punkte verteilen sich auf i's und o's und u's und a's und legen sich brav wie mittelalterliche Hunde zu Füßen schöner, schlanker Stäbe. Wir segeln im Wind der Worte durch die Universen, die sich nahtlos verweben. Wir schweben im Schnell, schnell und sacht, sacht der Geschichten, bei Nacht erzählt für die schlafende Kinderschar. Auf Betten in aller Welt, durch allen Kosmos, auf blaue Decken zur Nacht gebreitet, die Spiegel der Tiefe und Ferne fallen Sätze und Schätze und Schlummer und Summer der Sätze und Schätze der Wanderworte und bläuen sanft und sanfter noch die Schläfer.

*MEIN.*

Der kleinen Schiffe, Boote genannt, Kähne genannt, der Fähnchen in Käsehäppchen und Wurstsalat, der verhungerten Kinder, der sieben Fetten, der sieben Mageren, der Jahre und Kornspeicher, der Ebben und Flut-Zustände, der Wassertrinker und Fischeesser, der Schießscharten, der wirklich guten Lieder, der Abschiede, der Wassereinlagerungen, der Wunden in Händen und Füßen, der Krone aus Dornen, der Juden, der anderen, der Tampons, der faltbaren Pantyliners, der Haken und Ösen, der Nadelöhre, der Gleichnisse, der Zahlen 1 bis 10, der Zahlen hoch zwei, der Bastkörbchen im Schilf, der weisen Sprüche, der Urteile des Salomon, der Löwen und Löwengruben, der Tamburine, der Esel und der Männer in Bäumen, der Palmzweige, der rohen Eier, der Sitte, der Scharfschützen, der Tempelvertreibung, der Opferung, der Tabernakel, der Söhne des Mannes aus Ur, der Väter der Männer aus Ur, der Einschläferung, der Erweckung und Reinigung, der Riten, der Frauen, der großartigen Huren, genetisch sortierten Kinder, der Filmemacher und Erzähler, der Seele, der Salzkammern, der Tropfsteine und Archen, der Tiere von A bis Z und derer zwei, der Vertreibung, der schweren Geburt, der Kain und Abel Bruderschaft, der Bundesliga, der leeren und volle Züge zu und von dir, der Schikanen, der Schärfe und Züngigkeit, Küsse und des Thomas, der Mädchenorchester zu Propagandazwecken, der ersten Bilder der kleinen Füßchen in Frauenbäuchen, der ersten Schreie, der ersten Schritte, der ersten Noten, der ersten Lieben, der ersten Tanzstunden und Abschlüsse, der ersten Momente, der letzten Momente, der Salbungen, Ölungen und ja, der Mitte und des Lichts, der Kürzungen, der Verlängerungen, der Abschottung und Weitung, der Trennung und Erschöpfung.

GOTT.

*Der Rose kündigen*
*für den Tag,*
*an dem alle nach Dornen fragen*

An süß duftenden Tagen, an denen Regen auf allen Bänken sitzt und ein Rentner über die Rohheit der Jugend erzürnt – denn der Regen ist jung und tritt die Bänke mit Wasserfüßen –, an schweren, dunstigen, ebendiesen Tagen ist der Garten ein Revier der Zierde, der Schnecken und Würmer, der Zähne der Löwen, der Größe der Rosen, der Majestät und des Grüns. Ich sitze und gehe manchmal, es ist ein Tanzschritt eher als ein Wegbereiter, ich komme nicht an, ja ich verlaufe mich sogar. Ich trete auf die Zehen meines Baumes. Mein zarter Schuh versucht ein Muster, versucht eine bleibende Erinnerung zu zeichnen, der Regen wird kommen und vergessen machen. Ich werde mich wegspülen, ich werde unter der Straße gluckern, ich werde mich wenden, an Ecken an die Oberfläche sprudeln, ich werde Wände hinauf- und hinabsteigen. Meine Hände spielen im Haar der Farne und ertasten das Zarte und Gegangene. Ich denke bei mir, wie leicht und sonderbar die Flächen sind, auf denen wir wandern und gar nicht leben. Der Rose lecke ich den Hals, den schlanken, und ihre breite Stola lässt mich im Schatten weilen. Der Dorn, der kleine Sarazene, ist voller Eifersucht. Sein Schwert ist alt und meine Lust sehr jung. Die bunte Dame gewährt, dass ich ein Blatt von ihrer Brust ablöse, ein Blütensegel, ein bauschiges Tüchlein, das ich mir um Lippen und Fingerkuppen lege, um wie ein Schwärmer, dummer Junge, kleiner Muck vor ihr zu lagern und wie einer, der nur Rosenworte reden darf. Meine Dame hat ihr Herz auf meine Zunge gelegt mit dem einen Kuss. An Tagen, wie ebendiesen. In Nächten wie jenen, entsage ich dem Duft und schicke mich, um sie zu betrügen, an die Hände und Münder anderer Sträucher. Ich beiße in die Tomate, ich feiere die Röte der Völle. Hin und her schwingt mein Verdacht, der Garten raunt. Ich bin entdeckt, enttarnt als Larve, die ein Blatt zerreißt. Die Ameise kommt, um nach mir zu sehen. Die treue Amme trägt mich hinab. Manchmal bin ich ein Haus, das verlassen wurde von einer Schnecke. Ich liege als stille Erinnerung am Rand und Halme wachsen in mich hinein und Vögel hallen wider. Meine Mauern, die gewunden und wund, zittern wie einsturzgefährdet. Kein Denken an die fröhlichen Feste. Sie fragen nach Dornen, die Undankbaren. Für ebendiesen Tag, sage ich, habe ich der Rose gekündigt.

## *Ein Ärgernis*

Da liegt eine Schnecke auf dem Weg.
Da liegt eine dicke Schnecke auf dem Weg.
Ja, wo kommt die denn her?
Hat es geregnet?
Ist die vom Regen gekommen? Oder mit ihm oder hinter
ihm her?
Kommt die aus der Erde?
Was machen wir denn jetzt?
Kommt diese Schnecke da aus der Erde?
Was machen wir denn jetzt? Kennt sich hier einer aus?
Was macht die Schnecke denn da?
Liegt die einfach nur rum?
Kann die das? Darf die das?
Was macht die Schnecke denn da auf dem Boden?
Wenn da jetzt so eine Schnecke liegt, was passiert denn dann?
Müssen wir da jetzt durch? Müssen wir uns das bieten lassen?
Ob die mal weggeht? Ob die mal aus dem Weg geht?
Oder liegt die einfach nur da? Wieso liegt die denn eigentlich da? Genau da? Da, da, da?
Ich frag mich, was wir jetzt machen? So überhaupt.
Das ist doch ein schlechtes Zeichen. Das sieht nach Regen aus.
Warum ist die denn nicht in der Erde geblieben?

Was macht denn die Schnecke jetzt?

Liegt die einfach nur weiter so rum? Muss ich die anfassen?

Reagiert die auf Pfeifen?

Können Schnecken springen?

Könnte mich diese Schneck da anspringen?

Dann wär sie wenigstens aus dem Weg.

Was macht denn der Vogel da?

Was will der von der Schnecke? Mag der die Schnecke?

Kennen die sich wohl?

Was ist denn jetzt da los?

Und der Hund?

Was will der Hund da von der Schnecke und dem Vogel?

Was wird das jetzt da so?

Hm?

Na. Nu.

Wo ist denn die Schnecke? Die liegt ja gar nicht mehr im Weg.

Ist die wohl wieder unter der Erde? Aus dem Weg und unter der Erde? Aus dem Weg und unter der Erde und bleibt die dort?

Wo ist denn der Vogel? Ist der mit dem Hund unterwegs?

Gehen die jetzt die Schnecke suchen? Was ist denn jetzt passiert?

Ist die Schnecke vielleicht weggekommen, vielleicht weggekommen?

Aber wohin?

Wohin gehen Schnecken? Wenn sie mal aus dem Weg sind?

Gehen die dann mit Hunden mit? Dahin wo Vögel sind? Ich möchte gerne wissen,

was so ’ne Schnecke denkt?
Was denkt sich diese Schnecke?
Denkt die sich was?
Denkt die sich was dabei?

So eine Schnecke ist eigentlich wenig ergiebig. Und wo ist die überhaupt hin?

## *Was soll ich sagen*

Was soll ich sagen.

Liebe ist ein Scheiß.

Liebe ist ein Versuch und ein Scheiß. Und man möchte österreichisch sprechen, wenn man das sagt. Weil es nur dann richtig klingt. Josef Hader müsste das sagen oder der Phettberg oder der Qualtinger und dann würde es richtig klingen. Ein Scheiß. Es braucht Jahre bis man so weit ist, so weit gekommen ist, das zu sagen. Es ist Bedingung, ein oder besser zweimal richtig geliebt zu haben und beim ersten Mal der Täuschung aufgesessen sein, dass es sich um ein Versehen gehandelt hat, als sich das vormals geliebte Wesen aus einem wirklichen und hundert angeführten Gründen von einem getrennt hat. Dann sollte man männlich oder weiblich sein, aber das ist egal. Auch ob der Geliebte männlich oder weiblich gewesen ist, ist egal. Ich grenze diese Ausführungen lediglich auf Menschen ein, denn mit den Tieren und den Menschen mit den Tieren kenne ich mich nicht aus. Das ist aber in Ordnung, man muss nicht alles kennen. Es ist sogar hilfreich, wenn man in der Liebe nicht alles kennt, weil man dann kein Streber ist, sondern so ein gescheiter Bub mit Brille oder so ein stilles Mädel hinten auf einer Bank, die immer lesen und lernen und von denen der Lehrer Gutes annimmt. Dieser Bub und das Mädel stören keinen mit Potenz oder Periode. Die Anfangsbemerkung sollte nie aus den Augen verloren werden: Liebe ist ein Scheiß.

Bei dem alle mitmachen wollen. Anders kann man’s nicht sagen. Nur sollten wir österreichisch sprechen, wenn wir von ihr reden.

## *Holofernes, 3. Stock*

Es ist gegen sieben. Obwohl ich eigentlich nicht viel tue, schaffe ich es meist nie vor sieben Uhr nach Hause. Dann sitzen schon alle in der Küche und essen zu Abend. Mia, Joris, das lesbische Pärchen und oft noch Freunde der Lesben dazu. Ich laufe an der Küche vorbei in mein Zimmer. Wie heute Morgen sieht es aus. Ein bisschen kälter ist es, weil ich das Fenster aufgelassen habe. Ich nehme deinen Kopf aus meiner Umhängetasche. Er hat ziemlich gesifft. An das Blut hatte ich nicht wirklich gedacht. Dein Gesicht ist leider nicht mehr schön. Ich bin enttäuscht. Als hätte ich etwas in einem Katalog bestellt, dessen Abbildung mehr versprochen hatte. Ich schneide eine Plastiktüte an den Seiten auf und breite die entstandene Plane auf dem Schreibtisch aus. So. Da passt du gut hin. Ich muss dich ein bisschen wegdrehen, weil du sehr blass bist und deine Augen sich unschön verdreht haben. Ich muss zugeben, ich bin enttäuscht.

Als Mia klopft, rufe ich nur »Ja!« und als sie eintritt, entschuldige ich mich für die Temperatur im Raum und das Blut auf dem Teppich. Mia sagt, sie wolle nur kurz »Hallo« sagen und fragen, ob ich mit ihnen in der Küche essen würde. »Hallo, Mia«, sage ich und lächle sie an. Ich schalte den Fernseher ein. In den Nachrichten sagen sie, dass sie dich vermissen und dass Polizeihunde eingesetzt werden, um nach deinem Kopf zu suchen. Mia sagt nur »aber der ist doch hier« und wir lächeln beide. Ich entscheide mich für die Küche und dein Kopf bleibt zurück. In der Küche bietet uns Joris ein Stück von seiner Pizza an. Ich sage nicht nein. Judit sagt nie nein.

## *Mit dem Freund den Brief eines anderen Verehrers verreißen*

Du Wort. Liebchen. Wort. Umschwänzler. Wort. Von hinten. Beschnupperer. Wort. Wertschätzer. Leg dich doch. In eine Kiste. Mit deinen Worten. Bist eh. Langweilig. Du. Schwätzer. Wort. Einflößer. Fütterer. Nachtfalter der Worte. Tagentblätterer. Hab die Nase. Voll von deinen. Wörtern. Schwätzer. Setzer. Immerwisser. Neu. Erfinder. Alt. Vergesser. Kann ja. Nirgends hin. Ohne dir. In deine. Worthaufen. Zu treten. Oder unter die Schienen. Zu lesen. Kenne deine Circigkeiten. Verwandelst mich. Auch in Rüsseltier. Mit kleinem Vokabular. Sag recht schön. Danke. Artig. Und schweinig. Bist mir mittlerweile. So egal. So nervig. Kannst für alles. Ein besseres Wort. Erfinden. Oder klaust du's dir. Aus den Babymäulern. Derer die gerade. Zum ersten Mal. Die Silben kauen. Und die Silben. Mit dem Blupp. Zu Sprechblasen. Pusten. Mit Möhrenbrei werden. Wörter daraus. Ach, Wortmann. Nicht Sönke. Kannst du dir. Nicht ein Wort. Für mich denken. Aus den Lippen quetschen. Eines das. Mich dir näher. Forttreibt. Oder blinder werden lässt für. Deine. Ja er hat auch schöne Seiten. Voller schwarzer Kleckse. Zugegeben. Wortkleckse.

Immerhin. Der Kerl. Sagst du. Lässt sich. Nicht lumpen. Wenn du meine Hand hältst. Die ganz eingeschrieben. Ist auf deine. Und wir auf den Wort. Fetischisten. Brief schauen. So ein dreister. Wort. Bauer. Satz. Architekt. Laut. Sprecher.

Für mich. Hast du nie. Solche Worte. Gesucht. Aus. Drücklich. Hast du mich nie. Benannt. Vielleicht. Gefällt mir der. Der sich. Von den Worten. Essen lässt. Besser als der. Der sie schluckt. Was weiß ich. Von Liebe.

*Und es war ein Tag*
*Und der Tag neigte sich*

Und es war Stehen und es war Warten
Und es war eine Masse und es sah aus, wie ein Meer
Und es waren Männer und es waren Frauen
Und es waren Kinder und es roch nach Leder
Und es waren Koffer und es war Dampfen
Und es waren Münder und es war das Wort
Und es war Stumpfes und es war Taubes
Und es waren Große und es waren Mäntel
Und es waren Hunde und es war Wimmern
Und es war Weinen und es war ein Zug
Und es waren Waggons und es war eine Rampe
Und es war Eile und es hieß: Hinein
Und es war Drängen und es war wieder Eile
Und es war Härte und es war der Ton
Und es waren Hände und es waren Blicke
Und es waren Minuten und es war Enge
Und es war kein Raum
Und es war bald Nacht und es war ein Scherz
Denn sie waren wie Rinder
Und es war ein Riegel und es war ein Ruck

Und es war Fahren und es war keine Luft
Und es war Nacht und es war Zeit
Und es war zu lang
Und es war Flüstern und es war Raunen
Und es war Mutmaßen und es waren Fragen

Und es war Hitze und es war zu eng
Und es war wieder Weinen und es war ein Eimer
Und es waren vier Ecken und es war ein Geruch
Und es war eine Scham
Und es waren Stunden und es waren Stunden
Und es waren Stunden und es waren Stunden
Und es war Durst und es war Wirre
Und es war Sinken und es war Lehnen
Und es war ein müdes Gebet
Und es war trübes Wasser aus der Kelle
Und es war ein Ruck

Und es war ein Lauschen und es war eine Hoffnung
Und es war eine Sprache und es war ein Land
Und es waren Stunden und es waren Stunden
Und es waren Stunden und es waren Stunden
Und es waren Ahnungen und es waren Gerüchte
Und es war ein Feuer, das lief
Und es waren Fetzen und es waren Worte
Und es war sicher nicht wahr

Und es war ein Ruck
Und es war wahr
Und es war ein seltsamer Name
Au-schw-itz

*Wir hätten nicht mitgemacht*

Bei dieser Sache hätten wir nicht mitgemacht
Wir hätten uns enthalten
Wären zu Hause geblieben
Bei den Frauen, den Kindern, den Häusern, den Herden
Wir hätten nicht braun getragen und die Haare gescheitelt und
Diesen unvorteilhaften Schnauzer getragen
Wir hätten nicht Sieg gerufen und Heil gewünscht
Wir hätten nicht laut geschrien, wir wären Swing tanzen gegangen

Doch halt, wir waren ja Swing tanzen und Boogie Woogie
Frauen über die Schultern werfen
Wir waren ja Shimmy und Quickstep tanzen
Wir waren bei Nacht, wen wir am Tag durch die Straßen jagten
Wir waren bei Nacht, wen der Tag uns vor die Rohre laufen ließ
Wir waren bei Nacht, wen die Essensmarken ausgespart hatten
Waren bei Nacht, wen wir nie an unsere Töchter ließen

Bei dieser Sache hätten wir nicht mitgemacht
Bis wir sahen, dass der Pfarrer und der Lehrer auch irgendwie mitmachten

Und die Frau, bei der wir ins Bonbonglas greifen durften
Bei dieser Sache hätten wir nicht mitgemacht

Ich sag dir
Ich hätte keinem die Zahnbürste in die Hand gesteckt und hätt gesagt
Schrubb die verdammte Wiener S-Bahn
Hätt nicht gesagt, nur einen Koffer, und die Sachen kriegen Sie wieder nach der Desinfektion
Hätt nie schneller, schneller zu den lahmen Alten und nicht du links, deine Schwester rechts gesagt, hätt nie dem Herrn Jakob ins Gesicht gespuckt
Aber
Nicht gesagt, dass ich nicht unterschrieben hätte, im falschen Moment an falscher Stelle ein Kreuz, ein Ja angebracht hätte
Nicht gesagt, dass ich nicht einmal zu viel geschwiegen, als einmal zu oft den Mund aufgemacht hätte
Nicht gesagt, dass
Ich bei dieser Sache nicht mitgemacht hätte
Irgendwie
Nicht gesagt, dass ich nicht mitgemacht hätte

*Wort von dir*

Sprich mir ein Wort. Von Liebe. Von Reimen und runden Silben. Von Abgeschlossenheit und Öffnung. Von Willkür und Wundern. Sprich mir ein Wort. Von Regen. Wässern und windig und willig. Von Fenstern. Die in Häuser blicken. Lassen. Und die Häuser von innen zeigen. Von organischer Nähe. Das blutrote Sofa. Die kristallenen Karaffen. Die hölzernen Farben der Treppe. Des Bodens. Der Möbelfassungen. Sprich mir all dies. In einem Wort. Von dir. In deinem Mund. Gepflanzt. Gewachsen. Sprich. Wort. Gib. Laut. Sag was. Du mir immer sagen solltest. Dich aber nie zu fragen. Oder doch. Trautest. Sprich mir. Ein Wort. Von Mut. Von Herz und Absicht. Und Grammatik. Und Erweichung und kurzen Fristen. Von Gehenmüssen und Bleibenkönnen. Über Nacht. Bis zum Morgen. Wenn wir beide. Wieder bei Null beginnen. Müssen. Weil im Schlaf. Die Vertrautheit. Auf und davon musste. Zu anderen. Terminen. Sprich mir ein Wort. Von Warten. Geduldig. Die Uhr verfluchen. Unter dem Stuhl nach nie. Verlegten. Aus Verlegenheit. Schmuckstücken suchen. Nur damit. Die Zeit. Vielleicht. Wandert. Hand in Hand. Über die Zifferblattebene. Hand in Hand. Mit dem eiligen Kind. Der Sekunde. Engelchen. Engelchen steigt und fällt. Sprich mir ein Wort.

Ich sprech' dir ein Wort. Von mir. Ganz klar. Umrissen. Vorperforiert. Wenn du willst. Gepolstert mit vokalen

Kissen. Wie sag ich dir nur. Das Wort. Das tief im Schlund. Langsam behindert. Beim Küssen und Schlucken. Wäre ein Aufgeben. Wenn ich es dir. Schreiben würde. Auf Tierhaut. Oder in den Sand. Der ganz nah am Meer. Am schnellsten sich entfernen lässt. Weil wenn du vorbeikommst. Mein Mut schon nicht mehr. Halbe Wellen hält. Sprich mir ein Wort. Vom Verschweigen. Der Tatsachen und falschen Umstände. Der Missverständnisse und Richtigkeiten. Von Trägheit und Süße. Von dir und deiner Sammlung. Von dir und allem. Um dich herum. Sprich mir ein Wort. Von Landkarten. Von Schatzheben. Von Heimkehren nach Ithaka. Von Herausfordern. Von Seltsamsein und verwundbar. Von Beschaffenheit und Zungenschärfe. Mein Wort versteckt sich dir im Hals. Wenn du mich ein. Küssen. Lässt. Es malt sich dir. Auf die Mandeln. Projiziert sich auf den Gaumen. Gaumen. Kino. Deine Zähne. Die sind die Kritiker. Mit den weißesten Westen. Zugegeben. Ein paar schwarze Schafe sind dabei. Sprich mir ein Wort. Von Kritik. Von das hätte besser sein. Können. Sein sollen. So hart wie der Boden. Im Winter. Nach dem Frost. Sollen Worte. Fallen. Auf gefrorenen Grund. Nicht grundlos. Fallen alle Wort. Früchte. Wenn ich höre. Das Wort. Das du mir sprichst.